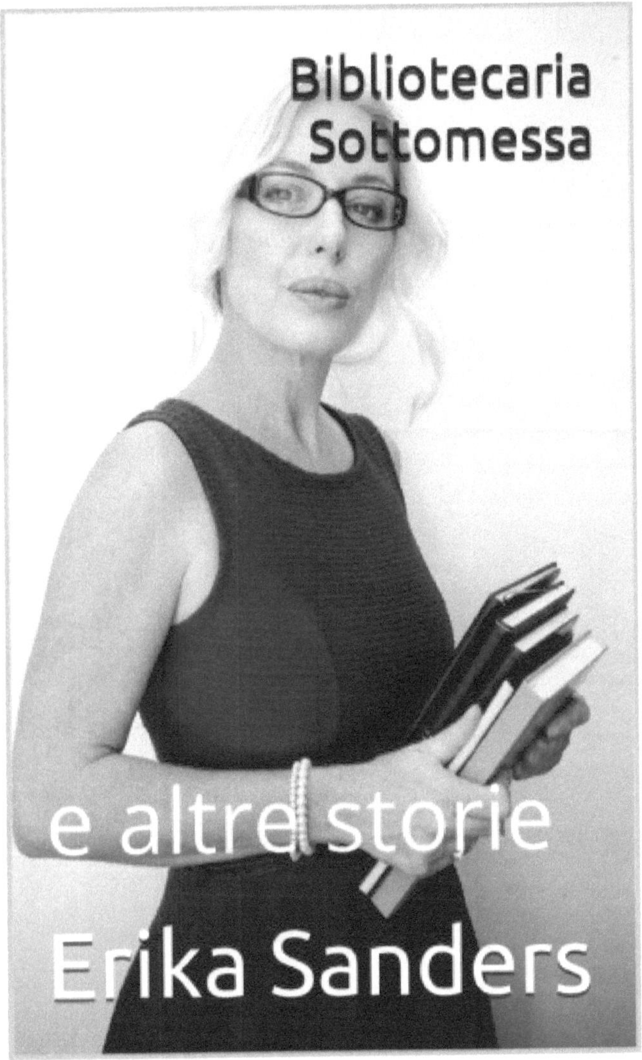

Bibliotecaria Sottomessa

e altre storie

Erika Sanders

Bibliotecaria Sottomessa e altre storie

Erika Sanders
Serie
Collezione di dominazione erotica

Sinossi

Bibliotecaria Sottomessa è un romanzo dal forte contenuto erotico BDSM e, a sua volta, un nuovo romanzo appartenente alla collezione Erotic Domination, una serie di romanzi dall'alto contenuto romantico ed erotico BDSM.

(Tutti i personaggi hanno 18 anni o più)

Nota sull'autrice:

Erika Sanders è una nota scrittrice internazionale, tradotta in più di venti lingue, che firma i suoi scritti più erotici, lontani dalla sua prosa abituale, con il suo nome da nubile.

Indice:

BIBLIOTECARIA SOTTOMESSA E ALTRE STORIE
ERIKA SANDERS

BIBLIOTECARIA SOTTOMESSA

13

"Signorina, sarebbe così gentile da mostrarmi dove sono i libri erotici?" disse una voce maschile alle mie spalle.

Mi sono bloccato, con le dita fisse sulla tastiera del mio computer.

Per un attimo chiusi gli occhi e deglutii.

Ho sentito i muscoli inferiori dentro di me contrarsi.

Ho sentito i miei capezzoli indurirsi contro il raso del reggiseno.

Non erano le sue parole, era la sua voce.

Questo è quello che mi ha fatto.

Ho continuato ad ascoltarlo anche adesso che era rimasto in silenzio, e questo ha risvegliato in me il desiderio della tanto necessaria liberazione.

È stato tutto molto fluido.

Come i tartufi di cioccolato bianco, la mia panacea, che mi scivolano in gola.

Profondo, proprio come quando...

Inspirai, rilasciando lentamente il respiro, curvando le dita mentre cercavo di mantenere l'equilibrio.

"Sarei felice di aiutarla, signore."

Emisi un sussulto lieve ma udibile e un gemito inconfondibile.

Quando mi sono voltato, ho sentito il mio respiro affannoso.

Era in piedi dall'altra parte della reception, con gli occhiali da sole ancora indosso e le labbra ferme che tremavano leggermente.

Ho capito che volevo sorridere.

Ho seguito con gli occhi le linee dei suoi baffi rossi e del pizzetto, la mia lingua guizzava fuori per leccarmi il labbro inferiore anche se cercavo di resistere al movimento.

"I libri erotici, signorina?"

Alzai gli occhi, immaginando quali idee gli passassero per la testa.

"Sì, signore, da questa parte."

Ho fatto il giro del bancone, con le ginocchia che tremavano un po'.

Mi sono fermato per ritrovare l'equilibrio, maledicendomi per aver indossato i tacchi alti neri oggi.

Sarebbero stati un inferno scendere le scale fino al piano inferiore.

Sentivo il calore del suo corpo dietro di me mentre camminavamo verso la sezione di consultazione.

Tenevo le mani fisse lungo i fianchi, desideroso di raggiungerlo.

Voglio essere al posto che mi spetta dietro di lui, lasciando che sia lui a guidarmi.

Ma ho mantenuto la mia compostezza professionale e ho continuato a farmi strada tra gli scaffali delle enciclopedie.

"Prima le donne", disse una volta raggiunto l'ingresso che conduceva al piano di sotto.

Alzai gli occhi al cielo, sapendo che non poteva vederli.

Ma una parte di me avrebbe voluto che lo avesse fatto.

Soppressi una risatina e mi aggrappai al corrimano, iniziando la lenta discesa.

Potevo essere una cattiva ragazza ogni volta che volevo.

"C'era qualcosa di speciale che stava cercando, signore?"

"La sezione romance erotico. Ho scritto il nome che cerco su un pezzo di carta. Vediamo se riesco a trovarlo."

Avevamo raggiunto il fondo senza incidenti, anche se per due volte il mio tallone si era impigliato nel bordo degli stretti gradini di metallo.

"Nuovi o usati, signore? Anche il resto dei nuovi tascabili è conservato qui. Li teniamo di sopra solo per un paio di mesi."

"Nuovo, migliore."

"Allora dovremmo andare da questa parte," dissi, girando a sinistra e dirigendomi verso un corridoio poco illuminato, con il battito cardiaco che aumentava ad ogni passo.

Il suo respiro divenne più pesante mentre mi seguiva.

Le nostre scarpe ticchettavano nel seminterrato, il suono era attutito dagli scaffali di libri intorno a noi.

Sopra di noi, una luce ronzava e tremolava.

Ho preso nota mentalmente di segnalare la lampadina difettosa.

"Come si chiamava il libro?"

"Non riesco a trovare il mio biglietto. Ma l'autore ha iniziato con la E e il cognome Sanders, Erika? Riconoscerei il titolo se lo vedessi."

Indicai una serie di scaffali dall'altra parte della stanza.

"Potrebbe essere meglio cominciare da lì, allora."

"Dopo che ti sei perso."

Sentii la sua mano sulla mia schiena mentre ci avvicinavamo alla sezione corretta.

Chiusi brevemente gli occhi, volevo gemere.

Sembrava passato molto tempo dall'ultima volta che avevo sentito il suo tocco, anche se era solo stamattina presto.

Attraverso la maglietta potevo sentire il calore della sua pelle che bruciava la mia.

"Potrei aiutarti a cercare se potessi darmi un suggerimento. Una parola forse?"

"Sesso. Penso che avesse qualcosa a che fare con il sesso."

La sua voce era un sussurro basso contro il mio orecchio.

Poi si strinse a me, spingendomi verso una piccola scrivania in fondo al corridoio.

Quando non potevo andare oltre, ha aumentato la pressione sulla mia parte bassa della schiena e mi ha inclinato in avanti.

"Ma il mio interesse per la lettura sta diminuendo in questo momento. Preferirei sperimentarlo."

Sussultai, afferrando il bordo della scrivania per stabilizzarmi.

I miei seni sbatterono contro il tetto rigido e freddo.

Gemetti quando sentii la sua eccitazione attraverso i suoi pantaloni e la mia gonna mentre si strofinava lentamente contro di me da dietro.

Deglutii mentre la sua mano scivolava più a sud, accarezzandomi il sedere.

Aggrappato alla gonna.

Abbassandomi le mutandine fino alle ginocchia.

Quando le sue dita sfiorarono la mia figa, premendo tra le mie labbra gonfie, piagnucolai rumorosamente.

" Shhh "

Continuò ad accarezzarmi così lentamente da essere esasperante.

La sua altra mano giocò con i miei capelli, sciogliendo lo chignon che ci aveva meticolosamente messo sopra quella mattina.

Mi morsi il labbro inferiore e appoggiai la guancia sulla scrivania.

Piagnucolai di nuovo quando la sua mano scomparve tra le mie gambe.

"Fai la brava ragazza. Non muoverti."

L'ho sentito slacciarsi la cintura e aprire la cerniera dei pantaloni.

Ho sentito il suo sospiro sommesso mentre probabilmente liberava il suo cazzo dai confini dei suoi boxer.

Sentivo il mio cuore battere all'impazzata nelle orecchie.

"Ora si ricordi, signorina, siamo in una biblioteca. Ho sentito che ci sono regole rigide riguardo al fare rumori forti. E la punizione per chi infrange quelle regole... beh, sono sicuro che lei sia consapevole di quali siano i doveri di essere sono un bibliotecario e tutto il resto."

".

Le sue dita accarezzarono di nuovo la mia figa.

Ma qualcosa non andava.

Mi stava anche afferrando i fianchi con entrambe le mani.

Gemetti di gioia quando mi resi conto che era il suo cazzo che mi massaggiava lì.

Un forte schiocco risuonò quando colpì il mio sedere nudo, facendomi saltare e urlare.

"Le ho fatto una domanda, signorina."

"M-mi dispiace, signore."

"Sei eccitato?"

"Si signore."

Si spinse in avanti, il suo cazzo penetrava leggermente mentre faceva oscillare i fianchi avanti e indietro.

Ho allargato le gambe più che potevo con le mutandine che ancora spingevano insieme le ginocchia.

Una volta che fu completamente dentro di me, spostò una mano sulla mia parte bassa della schiena.

Mi avvolse i capelli sciolti attorno all'altra mano e tirò.

Ho urlato e ho guardato il freddo muro grigio.

Lo aveva così grande dentro di me, che mi allargava.

Ansimava mentre entrava e usciva tranquillamente.

Mi diede di nuovo una pacca sul sedere e poi mi fece piegare di nuovo sulla scrivania.

"Questa è una brava ragazza. Bella e attillata. Molto bagnata. Proprio come piacciono al tuo signore."

Gemetti, il mio corpo implorandolo di portarmi all'orgasmo.

Ancora una volta, mi dondolai contro di lui, seguendo il suo ritmo.

Questo mi è valso un altro successo.

"Non muoverti, piccolino. Ti sto prendendo per il culo. Avrai la tua occasione più tardi. E stai zitto."

Ho cercato di non fare rumore.

Ci ho provato molto.

Sapevo che c'erano altre persone nella biblioteca, ma di solito nessuno scendeva nel seminterrato.

Ma tra tutti i giorni in cui qualcuno vagava qui, oggi potrebbe essere il giorno giusto.

Eppure desideravo anche che qualcuno ci trovasse a scopare così da poter abbracciare quel pizzico di esibizionismo nascosto da qualche parte dentro di me.

Tuttavia, quando si è tuffato ed è uscito, tirandomi i capelli, non ho potuto fare a meno di gemere e sussultare.

Urlando quando ha deciso di colpirmi.

Mi ha scopato per diversi lunghi minuti.

È stato così bello.

Tuttavia, da questa angolazione, non riusciva a raggiungere l'orgasmo.

E lo sapeva.

Lasciò andare la mia schiena, continuando a stringermi i capelli, e mi diede una pacca sul sedere.

Forte.

La sua voce sibilò mentre chiedeva:

"Ti piace, tesoro?"

ringhiai.

"Sì signore! Mi piace duro"

"Sì, cosa, piccolo?"

Mi ha colpito di nuovo.

I suoni acuti e il breve dolore quando la sua mano si congiunse alla mia pelle nuda gareggiarono con le mie urla.

Soprattutto mentre continuava a spingere il suo grosso cazzo nella mia figa.

Non potevo pensare.

Non potevo parlare.

"Sto aspettando."

Un altro colpo.

"Se amo!" Ho sussultato.

"Brava ragazza."

La sua mano libera scivolò sotto di me e mi accarezzò il clitoride.

Ho urlato mentre il mio corpo tremava.

Ma non c'era abbastanza tempo.

La sua mano scomparve e all'improvviso si ritirò completamente.

"Alzati, piccola, e girati."

Le mie gambe erano insensibili mentre obbedivo.

Appoggiai per un momento il sedere contro la scrivania, ma subito mi rialzai di nuovo, facendo una smorfia.

Non pensavo che sarei riuscita a sedermi per qualche ora.

"Togliti i vestiti."

Aprii la bocca, ma la richiusi quando lo vidi abbassare la testa e guardarmi attraverso la montatura degli occhiali da sole.

Ho aperto la cerniera della gonna e l'ho fatta scivolare via, abbassando nel frattempo anche le mutandine.

Mi sbottonai la camicetta, la tolsi e aggiunsi il reggiseno alla pila crescente sul pavimento.

Mi guardò con un sorriso sulle labbra, la lingua fuori ogni volta che rivelava qualcosa di più della mia pelle.

Poi allentò la cravatta e la lasciò andare.

Fece volteggiare il dito in aria.

Mi sono voltato ancora una volta.

In silenzio, mi prese le mani, tirandole dietro la schiena e legandole con la cravatta.

Poi mi ha premuto sulla spalla e io l'ho affrontato di nuovo.

"Appoggiati allo schienale."

Mi morsi il labbro inferiore, ma obbedii.

Avevo ancora il sedere molto dolorante, soprattutto perché il bordo della scrivania mi affondava nei muscoli ammaccati.

E ora, con anche le mani legate dietro la schiena, non potevo usarle per sostenere il mio corpo.

"Allarga le gambe. Brava ragazza."

Ha appoggiato la mano sinistra sulla mia spalla destra per tenermi in equilibrio prima di coprirmi la figa con l'altra mano.

Chiusi gli occhi mentre due delle sue dita premevano tra le mie labbra gonfie, massaggiandomi il clitoride.

Lasciai cadere la testa all'indietro e mi allontanai da lui dirigendomi verso il muro dietro di me.

Mi ha allargato ulteriormente le gambe e mi ha sollevato la figa in modo che le sue dita potessero accarezzarla più profondamente.

Ho dimenticato tutto il dolore.

E quanto fossi vulnerabile se qualcuno ci avesse scoperti.

Tutto quello a cui riuscivo a pensare era raggiungere quel dirupo e poi cadere a capofitto.

Stava arrampicandosi, arrampicandosi e arrampicandosi...gemeva mentre annuivo.

"Oh, piccolino. Cosa ti avevo detto riguardo allo stare zitto?"

Sussultai quando tolse la mano e mi aiutò ad alzarmi.

"Mettiti in ginocchio."

Piagnucolai mentre mi aiutava a mettermi in ginocchio.

Le mie mani poggiavano sul sedere dolorante.

I bordi della sua cravatta mi sfiorarono la parte posteriore delle cosce.

Potevo ancora sentire il dolore del suo tocco, il calore della mia pelle dove prima c'erano le sue mani.

La mia figa si strinse per il vuoto che c'era adesso.

"Apri la bocca."

Ho appoggiato la testa all'indietro e ho lasciato cadere la mascella.

"Brava ragazza."

Mi accarezzò per un momento la guancia con il dorso delle dita.

Poi mi ha messo il pollice in bocca, me lo ha inumidito con la lingua e mi ha strofinato il labbro inferiore con il dito.

"Sei così dannatamente adorabile, mia signora. La mia ragazza."

Detto questo, sollevò il cazzo e sostituì il pollice con la punta.

"Leccalo."

Tirai fuori la lingua e ne coprii la punta con la saliva.

Ha strofinato il suo cazzo avanti e indietro e intorno alle mie labbra.

E poi mi sono lamentato.

"Ora, cosa farò con quei rumori che fai?"

Mi prese il mento, tirò delicatamente per farmi aprire di più, e poi fece scivolare il suo cazzo nella mia bocca finché non si posò sulla mia lingua.

"Sì, potrebbe funzionare per farti stare zitto."

Sbattei le palpebre, ma continuai a fissare il suo viso.

Nel suo sorriso potevo vedere il mio riflesso nei suoi occhiali e gemetti di nuovo.

Ha spinto il suo cazzo più in profondità nella mia bocca, facendomi vomitare.

Si ritirò lentamente e poi rientrò.

Ancora e ancora mi riempì la bocca, la sua pelle rigida che si sfregava contro le mie labbra umide.

Si tirò fuori completamente e sbatté il suo cazzo contro le mie labbra alcune volte.

"Fai un respiro profondo."

Ho chiuso la bocca e ho deglutito, assaporando i miei fluidi e il suo sperma sulla lingua, poi l'ho riaperta.

"Che brava ragazza."

Ha continuato a far scivolare di nuovo il suo cazzo nella mia bocca, le sue mani su entrambi i lati della mia testa.

Poi ha spinto i fianchi avanti e indietro, scopandomi la bocca come se avesse fatto con la mia figa.

Continuò per diversi lunghi minuti, afferrandomi i capelli con una mano e tenendomi la testa indietro.

Di tanto in tanto mi diceva di succhiare o leccare solo la corona.

E a volte si fermava, seppellendo il suo cazzo così in profondità che potevo sentirlo in gola e potevo sentire le sue palle contro il mio mento, l'odore speziato della sua virilità che mi invadeva il naso.

Si abbassò e mi pizzicò il capezzolo o mi accarezzò il seno più volte, ma non indugiò mai troppo a lungo, riempiendomi sempre la bocca con il suo cazzo alla profondità e alla velocità che desideravo.

Piangevo e piagnucolavo, ma i rumori che emettevo ora erano attutiti.

E nel frattempo sussurrava parole di incoraggiamento.

"Questa è la brava ragazza del tuo signore. Dio, è così bello avere la tua bocca avvolta attorno al mio cazzo. Sì, tesoro. Così. Mmmm. Continua così."

Con tutto questo movimento, i miei occhiali mi sono scivolati sul naso.

"Guardami, piccola. Oh tesoro, sei così fottutamente sexy. Il mio cazzo nella tua bocca, i tuoi occhi su di me. Sei così indifeso, alla mia mercé. E quegli occhiali. Oh, merda!"

Mi ha scopato ancora qualche volta e poi ho sentito il suo sperma caldo colpirmi in fondo alla gola.

Mi teneva ferma la testa, il suo uccello premeva contro la mia lingua e il palato.

Quando ebbe finito, disse:

"Leccalo. Lascialo pulito, tesoro."

Ho fatto del mio meglio senza usare le mani.

"Questa è la mia brava ragazza."

Mi accarezzò i capelli finché non fu soddisfatto.

Mi aiutò ad alzarmi e mi fece sedere sulla scrivania.

Prima che potessi reagire, ha infilato una mano nella mia figa e mi ha coperto la bocca con la sua, mettendo a tacere il mio grido di sorpresa.

La sua altra mano coprì uno dei miei seni e infine accarezzò il mio capezzolo dolorante sotto il palmo della mano.

"Vieni per il tuo signore, tesoro", sussurrò mentre mi lasciava respirare.

Poi mi ha baciato di nuovo, spingendo la sua lingua contro la mia e allo stesso tempo le sue dita giocavano con il mio clitoride.

Questa volta mi sono arrampicato su quel dirupo e alla fine sono caduto, il mio corpo tremava sotto di esso.

Ingoiò le mie urla, il suo corpo coprì il mio, premendomi contro la scrivania e il muro, finché non rimasi immobile sotto di lui.

Sbattei le palpebre mentre lui faceva un passo indietro, si metteva in tasca l'uccello e si lisciava i vestiti.

Mi ha aiutato a rialzarmi e mi ha sciolto i polsi.

"Vestiti, piccolino. Accomodati i capelli."

Ho raccolto i miei vestiti dal pavimento in uno stato di stordimento.

Mi sono raccolta velocemente i capelli in una crocchia e mi sono lisciata gli occhiali.

Una volta che mi sono vestita di nuovo, mi ha preso a coppa la guancia e mi ha sorriso.

"Ora, a proposito di quel libro che stavo cercando..."

Mi schiarii la gola e presi un libro a caso dallo scaffale.

"Penso che questo sia quello che voleva, signore. È stato qui in bella vista per tutto il tempo."

"Ha ragione, signorina. Sono così felice che ci sia un bibliotecario competente quando ne avrà bisogno."

"Quando vuole, signore," sorrisi e lasciai gli scaffali. "Quando vuoi, sono qui per servirti in qualunque cosa tu abbia bisogno."

DESIDERIO SESSUALE

Amore mio, voglio che tu ti sieda davanti al tuo computer e mostri un'immagine, un pezzo visivo, come una figa.

Non il viso e il corpo, solo le ginocchia piegate e le gambe divaricate.

Con dita lunghe, belle ed eleganti che separano leggermente le labbra vaginali.

Immagina di entrare e sedermi a questa scrivania completamente vestito.

scarpe di pelle nera a punta e con tacco alto, fasciate alla caviglia, su entrambi i lati.

Tu ti appoggi allo schienale e sorridi e anch'io mi appoggio allo schienale sorridendo.

Alzo il mio vestito nero sottile e setoso e vedi che mancano le mie mutandine e lo splendore della mia umidità sulla fessura è già evidente.

Vedrai la punta di un corsetto nero a cui sono attaccate anche le calze.

Sollevo il vestito con entrambe le mani verso l'alto, me lo tiro sopra la testa e ti svelo il corsetto di pelle largo solo pochi centimetri.

I miei capezzoli sono eretti e alti mentre sporgono dalla parte superiore.

Ti appoggi, ma io sono qui per giocare con te e uso le mie scarpe a punta per tenerti dove sei.

Vedo un cazzo che cresce notevolmente e che ha bisogno di uscire dai pantaloni e ti chiedo di sbottonarli.

Faccio scorrere la lingua lungo le mie labbra per tutta la loro lunghezza, sorridendo, mentre ti infili i pantaloni.

La testa del tuo cazzo sporge dai boxer e anch'essa ha una lucentezza un po' impegnativa.

È così per una buona ragione.

Questa vista del tuo cazzo eretto mi eccita all'improvviso e ti chiedo di leccarmi.

Ti pieghi in avanti e lo fai, aprendo leggermente le mie labbra per trovare il mio clitoride.

Lo prendi in bocca, così sporge un po' di più.

Avevo solo bisogno di quel tocco della tua lingua per farmi andare avanti.

Mentre mi metto comodo, ti chiedo di prendere il tuo cazzo con l'altra mano e di accarezzarlo leggermente.

Fatelo, ma posso dirvi che serve di più, questo non basta.

Ti costringo a metterti in ginocchio per prenderti completamente nella mia bocca, alternando leccate dalla base all'alto, dall'alto verso il basso e di nuovo alle palle, leccando l'interno dove si trova l'inguine.

Ti piace quello che vedi quando sono in ginocchio, il mio culo è sottile appena qualche centimetro di larghezza e il mio ano è stretto e invitante.

Mi alzo di nuovo perché sono troppo vicino al climax.

Ti alzo in piedi e i tuoi pantaloni ti scendono oltre le ginocchia.

Hai ancora le scarpe, la cravatta ancora annodata ma la camicia sbottonata fino in fondo.

Adoro il bisogno di vedere quanta più pelle possibile.

Adesso che sei in piedi ti chiedo di voltarmi le spalle.

Possa tu aprire le gambe abbastanza da permettermi di inginocchiarmi dietro di te.

La mia lingua ti lecca le gambe, lecca le tue palle e perfino il tuo sedere, lecca e fa roteare la mia lingua attorno al tuo ano.

Tiro fuori dalla borsa un vibratore e ti chiedo se posso usarlo su di te, ma prima che tu risponda te lo metto sulla pelle.

Con la bocca ti lascio la saliva su tutto il culo affinché tutto sia lubrificato.

Lo metto a bassa velocità e lo faccio scorrere sulle tue palle e tra le tue palle e il tuo buco del culo.

L'altra mia mano va tra le tue gambe e afferra il tuo cazzo, accarezzandolo e facendolo sventolare.

Il vibratore ti fa sentire bene nel culo.

Lo metto vicino al tuo ano e faccio scorrere una delle due punte, quella sottile, che è anche la mia preferita.

Questo scivola dentro e metto l'altra punta più verso il centro, dietro le palle, di nuovo, osservando come la sensazione ti porta ad un altro livello.

Le tue mani stringono la scrivania e i tuoi occhi sono chiusi per cedere a qualunque cosa io voglia fare.

Ma rimango così, accarezzandomi un po' lasciando che il ronzio ti faccia chiedere cosa succederà dopo.

Mi fermo di colpo e ti dico di voltarti.

Lo fai e il tuo viso arrossisce.

Ti stavi davvero divertendo e ti stavi avvicinando allo stato che desideri.

Ma preferisco rallentare per riportarti alla mia bocca.

Ho un caldo da morire e sto perdendo un po' il controllo.

Allora ti faccio sedere di nuovo e mi inginocchio davanti a te e ti chiedo di accarezzarti, ma lentamente.

"Accarezzati amore mio."

Mentre mi inginocchio davanti a te e mi appoggio sui talloni.

Accendo il vibratore e lo strofino all'esterno della mia vagina, sopra il clitoride.

Mi ci vuole meno di un secondo per raggiungere l'orgasmo.

Ho le gambe e le ginocchia aperte e appoggio la testa all'indietro, allargando la figa con le mani per farti vedere i muscoli dell'orgasmo muoversi.

Tengo il vibratore finché non ho finito e i miei succhi fuoriescono.

Ti guardo e ti stai masturbando, aumentando il ritmo.

Il tuo ritmo è accelerato ed è così eccitante che sono in ginocchio, implorandoti di venirmi sul viso e sul petto.

E sì, certamente, è così che si fa.

Vedo come escono verso di me i getti del tuo latte.

Ma finisci per squirtare sullo schermo del computer e sulla tastiera .

Ci salutiamo fino ad un'altra volta e si spegne la webcam.

BENVENUTA UMIDITÀ

Glenn torna a casa dopo una dura giornata di lavoro e lascia la valigetta e il cappotto vicino alla porta.

Trova la casa insolitamente silenziosa ma non ci presta molta attenzione e si dirige in camera da letto.

Mentre sale le scale, sente il meraviglioso aroma del profumo della sua amata moglie Susan.

Quando raggiunge il pianerottolo, sente i deboli suoni della musica che fuoriescono debolmente attraverso la porta della sua stanza.

Facendo attenzione a non fare rumore, apre lentamente la porta.

"Susan?" Dice con una voce maschile piuttosto profonda.

Mentre la porta si apre sempre di più, la vista del suo corpo nudo disteso sul letto lo fa rabbrividire.

"Sì piccola." dice con voce sensuale.

Comincia a camminare verso il letto, ma lei gli dice di fermarsi.

Perplesso, fa come gli è stato detto, sapendo che lei ha qualcosa in mente.

Si alza dal letto.

Il suo corpo si muove con grande grazia.

Non può fare a meno di fissarsi sul suo delizioso seno che si muove leggermente mentre lei cammina verso di lui.

Sente il suo cazzo indurirsi mentre i suoi pensieri lo attraversano "È così bella".

Allunga le mani e gli slaccia la cintura.

Anche i pantaloni, li sbottona e li abbassa.

Questo lo fa tremare dall'eccitazione.

Poiché lo vede così eccitato, sorride e gli abbassa i boxer con un bisogno affamato di succhiargli il membro duro.

Mette dolcemente le mani sul suo cazzo ormai eretto, accarezzandolo lentamente.

Quindi tira fuori la lingua e lecca la testa prima di metterla in bocca.

Lui geme mentre lei inizia a succhiargli il cazzo duro.

Muovendolo dentro e fuori dalla bocca sempre più velocemente.

Poi ritorna lentamente a un ritmo basso e fa roteare la lingua intorno alla testa mentre la accarezza con la mano.

Lui geme mentre la sua mano accarezza la punta rosa del suo cazzo.

Poi gli lecca le palle fino alla punta del cazzo.

Lo toglie dalla bocca e si alza per baciarlo appassionatamente mentre gli toglie la maglietta.

Lui la avvolge tra le sue braccia calde, avvicinandola a sé, sentendo il suo seno premuto contro il suo petto.

Mentre si baciano, le sue mani corrono lungo il suo corpo, sentendo la sua pelle morbida sotto la punta delle dita.

Le sue mani si muovono sul suo culo e lo stringe forte.

La solleva per il sedere avvolgendole le gambe attorno alla vita e si avvia verso il letto.

La fa sdraiare delicatamente e si mette sopra di lei.

La bacia profondamente scendendo fino al collo e al petto.

Le lecca lentamente il seno destro avvicinandosi al capezzolo ormai eretto.

Si mette il capezzolo in bocca e lo succhia, mordendolo delicatamente.

Passando all'altro seno, si abbassa e inizia a strofinarle il clitoride, facendole aumentare il respiro e iniziare a gemere leggermente.

Si strofina più velocemente mentre le bacia lo stomaco concentrandosi sull'ombelico.

Si sente bagnata e il suo respiro accelera.

Bacia il suo grazioso monticello e poi sostituisce le dita con la lingua.

Succhia e morde delicatamente il suo clitoride.

Questo la manda su un'ondata di piacere, gemendo.

Poi inserisce un dito che scorre oltre le labbra gonfie della sua figa e in quel punto segreto e scivoloso.

Lui fa scivolare il dito dentro e fuori lentamente e poi ne inserisce rapidamente un altro mentre lei geme.

Lui continua a concentrarsi nel succhiarle il clitoride mentre le sue dita colpiscono preziosamente quel posto speciale dentro di lei che sa la fa assolutamente impazzire.

Geme forte e avverte una sensazione di formicolio dalla gamba destra verso l'alto, attorno al corpo e verso la gamba sinistra.

"Oh tesoro!" geme: "È così bello!"

Glenn sa che se continua così, lei andrà sicuramente oltre il limite, quindi rallenta e la bacia fino a divorarle la bocca.

Condividono un bacio appassionato.

Le loro lingue danzano insieme.

Togliendo le dita dalla sua figa ormai bagnata, comincia a massaggiarle il seno destro.

I suoi gemiti soffocati dai baci.

Il bacio si interrompe e lei gli sussurra all'orecchio:

"Ho bisogno di te dentro di me, tesoro."

La menzione del suo cazzo duro che scivola nella figa bagnata della sua amante lo fa grugnire di lussuria e si muove sopra di lei.

Allargandole le gambe con i fianchi, si posiziona per penetrarla.

Giocando, inserisce solo la testa e poi la ritira lentamente.

"Per favore, dammi tutto." Lei lo supplica, ma lui prevale e tiene il passo del gioco, inserendo solo la punta e ritirandola quando lei inizia a gemere.

Alla fine, ad un punto inaspettato, spinge fino in fondo il suo membro duro per farla urlare.

Comincia a spingersi dentro e fuori da lei lentamente con colpi lunghi e duri.

Comincia ad accarezzarle più forte e più velocemente, tirandole il culo per una penetrazione più profonda.

"Oh Dio, ti senti così bene dentro di me. Ti amo così tanto quando mi scopi la figa."

A questo punto ringhia e si ritira all'improvviso.

Le fa cenno di girarsi e lei lo fa velocemente con un sussulto di eccitazione.

Sa che penetrarla da dietro è una delle sue posizioni preferite e anche lui adora darglielo in quel modo.

Lui inserisce il suo cazzo dentro di lei e inizia a spingerlo forte e veloce.

Lei geme forte, dicendogli più forte.

Adora scopare la sua adorabile moglie, quindi inizia a fare il duro con lei.

Il suo corpo e le sue palle schiaffeggiano il suo culo ormai rosso.

Lei inizia a respingere le sue spinte, facendo sì che il suo cazzo entri ancora più in profondità.

Entrambi gemono di piacere.

"Oh, sto per venire, tesoro. Sei pronta per la mia sborra?"

"Oh sì, tesoro, sto per venire anch'io."

Ancora qualche carezza e Susan urla di piacere e il suo corpo inizia a tremare mentre l'orgasmo la travolge.

Glenn sente le pareti della sua figa iniziare a mungere il suo cazzo e non ce la fa più.

Ringhiando il suo nome, lui spara il suo sperma caldo in profondità nella sua figa cremosa e bagnata.

Susan, esausta per l'esplosione, si appoggia sui gomiti mentre sente che lui le spara dentro qualche altro spruzzo di sperma.

Soddisfatto, e cercando di non caderle addosso, si ritira lentamente dalla sua figa e l'afferra per la vita, trascinandola con sé sul letto.

Si guardano negli occhi, entrambi offuscati dai potenti orgasmi che avevano appena attraversato i loro corpi pochi secondi prima .

Una soddisfazione di conoscenza reciproca aleggia nella stanza mentre i due si addormentano l'uno nelle braccia dell'altro.

VESTITA PER L'OCCASIONE

Il silenzio della notte la circondava, la opprimeva con la sua serenità, cercando di calmare la sua ansia.

Ciò però non riuscì a calmarla.

Sensazioni sfrenate a cui non era abituata e che non aveva mai provato prima , si riversarono nel suo corpo, rendendola nervosa.

I suoi tacchi ticchettavano dolcemente lungo il sentiero lastricato mentre alzava lo sguardo al cielo.

Perché ci vai stasera?

Perché si era vestita in quel modo?

Poteva sentire il potere che il suo sguardo aveva su di lei.

Sospirò e permise alla sua mente di smettere di pensare agli eventi che sarebbero potuti accadere stasera.

***

Sembrava che tutti gli occhi fossero puntati su di lei mentre entrava nei locali.

I suoi tacchi a spillo tintinnarono contro il pavimento di legno mentre attraversava la pista da ballo e si avvicinava al bar.

La gonna del suo vestito rosso e nero ondeggiava da un lato all'altro ad ogni passo, la striscia rossa scorreva contro il suo ginocchio mentre quella nera rimaneva qualche centimetro sopra di essa.

La camicetta le scendeva liberamente dalle spalle, lungo il seno, rimbalzando quel tanto che bastava per attirare l'attenzione ad ogni passo che faceva e mostrando una generosa quantità di pelle.

E senza reggiseno.

Sapeva come appariva con questo vestito.

Sembrava una troia.

Aveva completato il look con un girocollo di pizzo nero attorno al collo e solo un tocco di rossetto rosso.

Si sedette tra un uomo e una donna e sorrise al cameriere.

"Ciao Giacomo."

"Samy. È bello rivederti." Lasciò che i suoi occhi scivolassero lentamente sul suo viso e sul suo seno. "Molto bene, infatti. E per chi è l'occasione?"

Lei scosse la testa e sorrise, facendole cadere una ciocca di riccioli sull'orecchio.

"Non c'è alcuna occasione. Avevo semplicemente voglia di vestirmi così."

Allungò la mano oltre il bancone e le mise il ricciolo dietro l'orecchio.

Le sue dita le sfiorarono il lato della guancia e lei quasi dimenticò come respirare.

"Dovresti vestirti così più spesso."

"Forse lo farò."

"Stasera finirò dal lavoro verso le undici. Ti piacerebbe ballare dopo?"

Lei annuì lentamente, incapace di distogliere lo sguardo dal suo.

Con molta lenta precisione, si sporse oltre il bancone e avvicinò le labbra alle sue, approfondendo il bacio quanto bastava per farle desiderare di più prima di allontanarsi.

"Circa venti minuti."

* * *

Quei venti minuti non erano mai sembrati più lunghi nella vita di Samy.

Osservava continuamente tutto ciò che la circondava, consapevole di ogni movimento che lui faceva senza nemmeno guardarlo.

Era come se i suoi sensi fossero in sintonia con il suo corpo, ma sussultò comunque quando lui la toccò sulla spalla.

Aveva sbottonato il colletto della camicia nera e le sorrideva tendendole la mano.

"Penso che mi devi un ballo."

Quando mise la mano nella sua, fu come se una piccola scossa elettrica le attraversasse il corpo.

Lui sorrise mentre la conduceva in un angolo della pista da ballo e poi la avvicinava a sé mentre la canzone cambiava.

Era lento e seducente, e il suo battito sembrava corrispondere al cuore di lei mentre si premeva contro di lui.

E proprio in quel momento era profondamente consapevole dei contorni duri che ondeggiavano contro il suo corpo morbido.

Lei fece scivolare le braccia attorno a lui, premendo le mani sulle sue morbide curve posteriori mentre ondeggiavano avanti e indietro.

Si chinò e premette le labbra contro le sue, aprendole delicatamente e seducendola con la lingua.

La sua mano scivolò più in basso sulla sua schiena, appoggiandosi sul suo fianco, scivolando abbastanza in basso da accarezzarle una guancia del sedere mentre tirava la parte inferiore del suo corpo contro il suo.

Lei sussultò quando sentì con quanta forza lui premeva contro di lei e avrebbe potuto giurare di averlo sentito gemere.

Ma proprio mentre lo faceva, l'altro cameriere lo chiamò e lui sospirò, chinando la testa all'indietro.

"Samy... torno subito. Lo giuro. Non andare da nessuna parte."

Lei annuì in modo un po' stupido mentre si allontanava dalla pista da ballo ed entrava in un separé appartato.

Osservò James tornare nel bar e chinarsi di nuovo su di lui, parlando con Joseph.

Joseph era il barista sostituto per la notte.

È sempre subentrato quando James è andato in pensione.

Quando vide una bionda alta e con le gambe lunghe unirsi a loro, capì una cosa.

Non era quel tipo di ragazza.

Non avevo idea di cosa stavo facendo.

James era il tipo di uomo che aveva sempre una ragazza a disposizione, qualsiasi ragazza alta, bionda e super sexy.

Ed era bassa, bruna e latina.

Se n'è andata correndo.

Il più velocemente e silenziosamente possibile.

Si diresse verso la porta e quando si guardò alle spalle vide la bionda avvicinarsi a James e far scorrere le dita lungo il suo braccio.

Sospirò e scosse la testa mentre proseguiva per la sua strada.

Non sarebbe bello fermarsi a pensarci.

I piedi cominciavano a farle male a causa dei talloni, così se li tolse e si allontanò dal sentiero di ciottoli, lasciando che i suoi piedi la guidassero fino al bordo del fiume che conosceva così bene.

Mise i piedi sulla riva del fiume e guardò a lungo l'acqua.

"Cosa stavo pensando?" Alla fine mormorò.

"Questo è quello che mi piacerebbe sapere."

Quasi urlò quando si voltò.

James era in piedi dietro di lei, con le braccia incrociate rabbiosamente e accigliato.

Ma il cipiglio venne lentamente sostituito da uno sguardo di confusione e preoccupazione.

"Samy, stai piangendo. Cosa c'è che non va?"

Distolse lo sguardo da lui e attraversò il fiume fino all'altra sponda erbosa.

"Non avrei dovuto farlo. Non sarei dovuto venire al bar stasera vestito così. Non avrei dovuto pensare di avere una possibilità."

"Samy, di che diavolo stai parlando?"

Lui si avvicinò e le posò la mano sulla spalla.

Tremava, aveva freddo.

Si tolse in fretta il cappotto e glielo mise sulle spalle, spostandosi dietro di lei per accarezzarle le braccia.

"Eri bellissima lì dentro. Credo di aver dimenticato come dovevo respirare quando sei entrata."

"Ho visto le donne con cui sei abituato. Non sono come loro, James. Non sono elegante o super sexy. Non sono bionda, né alta, né con le gambe lunghe, né ho un corpo perfetto come loro. Non ho soluzione . " Contro questo. Non sapevo nemmeno cosa stavo facendo." Concluse in un sussurro.

"Davvero? Avresti potuto ingannarmi lì dentro."

La voltò verso di sé e si sporse in avanti, premendole le labbra sul collo.

Lei rabbrividì.

"Il tuo corpo sembrava perfetto quando mi hai premuto contro di te su quella pista da ballo."

Lui allungò una mano e le afferrò il seno, tracciando il contorno del capezzolo attraverso la camicetta.

La fece rabbrividire un po'.

"Sembravano sicuramente sapere cosa volevano fare quando ci baciavamo e ci stringevamo insieme."

Si chinò su di lei e la costrinse ad abbassarsi finché non si trovò distesa sul pavimento.

"Lascia che te lo mostri, Samy. Lascia che ti mostri che sei più di quanto pensi."

Le sue labbra scivolarono contro le sue prima di scivolare lungo il collo e sopra la camicetta sottile che le copriva il seno.

Il respiro le si fermò in gola quando le sue labbra trovarono prima un capezzolo e poi l'altro, succhiandoli lentamente mentre lei si inarcava al suo tocco.

Le sue dita trovarono abilmente l'orlo della sua maglietta e iniziarono lentamente a tirarla su, stuzzicandole la pelle non appena si rivelò.

Glielo sollevò oltre i seni e lo tenne appena sopra mentre le baciava il seno destro, assaporando la sua pelle.

Gemette quando James finalmente portò le labbra sulla cresta del suo seno, prendendo il capezzolo tra i denti e tirandolo delicatamente prima di succhiarlo.

Lei gemette ancora più forte quando la mano di lui cominciò a massaggiarle l'altro seno, facendo scorrere ripetutamente il palmo sul capezzolo.

"Vedi?" Respirò contro la sua pelle. "Sei la donna perfetta".

Cominciò a baciarla mentre scendeva, tracciandole dei cerchi attorno all'ombelico con la lingua.

James le sorrise mentre prendeva la sua gonna e invece di abbassarla, la tirò su.

Il davanti si piegò all'indietro e un attimo dopo lui stava posando baci morbidi e giocosi lungo il suo monticello caldo sopra le mutandine.

Era già bagnata.

Poteva sentirlo attraverso le mutandine mentre le strofinava il naso contro.

Lei tremò sotto di lui e lui le accarezzò dolcemente le dita su e giù mentre usava i denti per farle scivolare giù le mutandine.

La baciò di nuovo, senza alcuna barriera tra le sue labbra e la sua figa.

Iniziò a far scorrere la lingua lungo la sua fessura e lei gemette, i fianchi inarcandosi selvaggiamente così che lui premette la lingua in profondità dentro di lei, tracciandola sul suo clitoride.

Samy gemette e si inarcò contro la lingua, il piacere la percorse mentre le sfiorava il clitoride con i denti e le faceva scivolare un dito dentro.

"Ho mentito," sussurrò contro il suo clitoride. "Non ho semplicemente dimenticato come respirare."

James le succhiò delicatamente il clitoride, spingendo il dito dentro e fuori dalla sua tensione.

"Mi sono quasi venuto nei pantaloni solo guardandoti prima."

Le sue dita gli afferrarono i capelli, e lui sorrise contro la sua figa mentre faceva scivolare un secondo dito dentro di lei, facendo scorrere ripetutamente la lingua sul suo clitoride finché il suo corpo tremò sotto la sua bocca.

Le sue dita la accarezzarono, dentro e fuori, eccitandola, costringendo il suo corpo a rispondere finché non si dondolò contro la sua mano e la sua lingua.

"James," la sua voce quasi vacillò mentre si dimenava nella sua mano. "Per favore, non fermarti adesso!"

Le sue parole uscirono con un tono dolce e consapevole, ma aumentarono rapidamente di volume mentre lei urlava di piacere.

Lui le stava mordendo dolcemente il clitoride e ora lo stava succhiando forte, le sue dita spingevano forte dentro di lei raggiungendo l'orgasmo.

Lui leccò avidamente i suoi succhi e quando il tremore del suo corpo rallentò,

Quando ebbe finito, si spostò sopra di lei.

Lui sorrise e appoggiò la fronte contro quella di lei, lasciando che il suo corpo sfiorasse il suo mentre la guardava negli occhi.

"Te l'ho detto, sei una donna tanto quanto loro, se non di più."

I suoi occhi lampeggiarono con qualcosa che avrebbe potuto essere un dubbio mentre guardava negli occhi di James, ma poi lasciò che le sue dita scorressero sul suo petto e giù fino al duro rigonfiamento nei suoi pantaloni.

"È per questo che hai così difficoltà?

Perché sono una donna come loro?"

Le sue dita sfiorarono su e giù il suo cazzo, e lui non poté trattenere il gemito che gli sfuggì dalle labbra.

Tuttavia, non ebbe alcuna possibilità di rispondere poiché le sue labbra trovarono le sue e ogni pensiero fu cancellato dalla sua mente.

Le sue dita scivolarono sul suo petto e cominciò abilmente a sbottonargli la camicia.

Glielo tirò fuori velocemente dai pantaloni e lo spinse di lato mentre gli toglieva completamente la maglietta.

Il bottone dei pantaloni si aprì e la cerniera scivolò quasi da sola.

Lei gli abbassò i pantaloni e i boxer quanto bastava per liberargli il cazzo e gli avvolse la piccola mano attorno, accarezzandolo lentamente così che lui gemette e si premette avidamente contro la sua mano.

Lui gemette irritato e si alzò, togliendosi i pantaloni e i boxer con un solo movimento e voltandosi verso di lei.

Adesso era in ginocchio e gli sorrise mentre gli avvolgeva ancora una volta la mano.

Si chinò su di lei, dandole lente carezze, chiudendo gli occhi.

Il momento successivo, tuttavia, lui le allargò mentre le labbra di lei si avvolgevano intorno al suo cazzo, muovendole lentamente su e giù per il suo membro duro.

Adesso le mise le mani dietro la testa e cominciò lentamente a spingerla dentro e fuori dalla bocca, gemendo mentre lei lo succhiava ad ogni movimento.

Non ci volle molto perché i colpi delicati diventassero rapidi e brevi, Samy lo succhiava più forte quanto più velocemente muoveva la testa.

La sua mano gli accarezzava le palle, facendole rotolare avanti e indietro mentre la sua bocca si stringeva intorno a lui.

Mentre giocava con la lingua sulla punta del suo cazzo, lui le è esploso in bocca.

Lei deglutì velocemente mentre lui le mandava il suo sperma dentro, premendo la bocca e la gola contro il suo cazzo facendolo venire ancora più forte e con più schizzi, finché finalmente si esaurì.

Fece scivolare lentamente il cazzo fuori dalla bocca e lasciò cadere lo sguardo sul pavimento.

Lui cadde in ginocchio davanti a lei, posandole una mano sulla guancia.

Erano solo a un passo di distanza quando il dito di James tracciò il lato del suo viso, immergendo il dito sotto il suo mento e sollevando gli occhi di lei verso i suoi.

"Non abbiamo ancora finito."

La sua voce era così bassa che le fece venire i brividi lungo la schiena mentre lo fissava meravigliata.

Lui si avvicinò e premette le labbra contro di lei, approfondendo rapidamente il bacio.

Mentre la sua lingua scivolava oltre le sue labbra, una mano scivolò dietro di lei, attirandola contro di sé così che fossero carne a carne.

I suoi capezzoli premevano beatamente contro il suo petto, e la sua nuova erezione premeva forte contro i suoi addominali inferiori.

Lei si mosse e strofinò lentamente il suo corpo lungo quello di lui, facendolo gemere mentre il loro bacio diventava febbrile.

La fece sdraiare e le fece scivolare la gonna sulle gambe.

La guardò a lungo prima di muoversi.

Si chinò di nuovo su di lei e le posò un leggero bacio sulla pancia, appena sopra l'ombelico.

Lui sorrise contro la sua pelle calda e cominciò a baciarla verso l'alto, invertendo le sue azioni precedenti.

Le sue labbra sfiorarono appena il suo seno prima di posarsi sul suo collo e accarezzarle il battito del cuore.

Lui pulsava tra le sue gambe, il suo membro premeva contro la sua fessura bagnata mentre lei gli avvolgeva le gambe intorno alla vita e lui faceva scivolare le braccia attorno a lei.

Con un movimento rapido, James si sedette con lei in grembo e, se ciò fosse possibile, premette il suo cazzo ancora di più dentro di lei.

Lei si dimenò un po' e lui gemette.

La baciò finché non arrivò appena sotto l'orecchio e le tirò delicatamente il lobo.

"Dimmi, Samy, lo vuoi?"

Il suo respiro era caldo contro la sua pelle e lei rabbrividì.

"Vuoi che il mio grosso cazzo duro sia sepolto dentro di te?"

La risposta di Samy suonò quasi come un gemito mentre si strofinava contro di lui.

"Sì. Per favore, James, lo desidero da quando..." ma si fermò subito, con il rossore ancora sulle guance, e distolse lo sguardo.

James non ne aveva idea.

Lui costrinse il suo sguardo a tornare su di lei e appoggiò la sua erezione contro di lei.

"Finisci quello che stavi dicendo."

Lei gemette e le sue unghie affondarono leggermente nella sua pelle.

"Lo desidero da quando ti ho incontrato."

"Allora dimmi quanto lo desideri."

Non era una richiesta, più una richiesta mentre lui faceva scivolare le dita sul suo seno, massaggiando lentamente la sua carne.

Poteva sentire il suo calore irradiarsi contro il suo cazzo, e stava facendo tutto il possibile per buttarlo fuori e prenderlo.

La sua risposta lo sorprese e mandò in frantumi tutto l'autocontrollo che aveva usato.

"Non lo voglio. Ne ho bisogno, James."

I suoi occhi erano fissi nei suoi adesso, e lui gemette dolcemente contro la sua pelle mentre lei si stringeva più forte.

"Ne ho così tanto bisogno, lo sogno da così tanto tempo. Per favore. Ho bisogno che tu mi scopi."

Non potevo più negarglielo.

Dopo di ciò non poté più trattenersi.

La sollevò finché la punta del suo cazzo non fu premuta contro la sua apertura e poi velocemente la lasciò cadere su di lei.

Entrambi gemettero.

La sua figa era così stretta attorno al suo cazzo che quando cominciò a muoverla su e giù sul suo membro, la sua lunghezza dura sembrò ancora più grande racchiusa dentro di lei.

Lei gemette e usando le gambe come leva cominciò a rimbalzare sul suo cazzo.

I suoi seni rimbalzavano liberamente contro di lui e i suoi capezzoli lo chiamavano mentre lui si chinava in avanti e cominciava a succhiare.

Lei gemette e cominciò a rimbalzare più velocemente sul suo cazzo, spingendosi ancora e ancora.

Le sue labbra le stuzzicavano i capezzoli, attirandoli e succhiandoli, poi facendo scorrere la lingua su di essi e mordicchiandoli mentre lei dondolava con i suoi rimbalzi, gemendo contro la sua pelle, inviando vibrazioni attraverso i suoi morsi.

La sua figa era così bagnata che l'umidità gli scorreva lungo il cazzo, e lui gemette quando lei strinse intenzionalmente la fessura attorno a lui, facendogli resistere di più.

Li inclinò entrambi in modo che lei fosse di nuovo supina sull'erba e cominciò a martellare forte il suo cazzo dentro e fuori di lei.

Samy gemette ancora più forte, le sue unghie la graffiarono sulla schiena mentre un'altra forte spinta la riportò al suo climax.

Lo spasmo stretto attorno al suo cazzo fece rapidamente venire anche James e lui la sbatté dentro ancora più velocemente, grugnendo mentre il suo sperma caldo la riempiva fino a riversarsi lungo le sue cosce.

Cadde di lato, ansimando.

Poi la attirò a sé, posandole teneri baci su un lato del viso.

"Ora, passeranno altri cinque anni prima che tu abbia il coraggio di farlo di nuovo?"

Lui sorrise e le baciò l'angolo delle labbra.

"Non mai, James."

Samy sorrise e sfiorò le labbra con le sue.

"Bene, perché non credo di riuscire a tenerti le mani lontano per più di un giorno o due."

La risata di Samy echeggiò attraverso il lago, e James sorrise mentre si sedeva e la baciava profondamente.

Questo potrebbe sicuramente essere l'inizio di qualcosa di molto interessante.

RICEZIONE INASPETTATA

Glenn torna a casa dopo una dura giornata di lavoro e lascia la valigetta e il cappotto vicino alla porta.

Trova la casa insolitamente silenziosa ma non ci presta molta attenzione e si dirige in camera da letto.

Mentre sale le scale, sente il meraviglioso aroma del profumo della sua amata moglie Susan.

Quando raggiunge il pianerottolo, sente i deboli suoni della musica che fuoriescono debolmente attraverso la porta della sua stanza.

Facendo attenzione a non fare rumore, apre lentamente la porta.

"Susan?" Dice con una voce maschile piuttosto profonda.

Mentre la porta si apre sempre di più, la vista del suo corpo nudo disteso sul letto lo fa rabbrividire.

"Sì piccola." dice con voce sensuale.

Comincia a camminare verso il letto, ma lei gli dice di fermarsi.

Perplesso, fa come gli è stato detto, sapendo che lei ha qualcosa in mente.

Si alza dal letto.

Il suo corpo si muove con grande grazia.

Non può fare a meno di fissarsi sul suo delizioso seno che si muove leggermente mentre lei cammina verso di lui.

Sente il suo cazzo indurirsi mentre i suoi pensieri lo attraversano "È così bella".

Allunga le mani e gli slaccia la cintura.

Anche i pantaloni, li sbottona e li abbassa.

Questo lo fa tremare dall'eccitazione.

Poiché lo vede così eccitato, sorride e gli abbassa i boxer con un bisogno affamato di succhiargli il membro duro.

Mette dolcemente le mani sul suo cazzo ormai eretto, accarezzandolo lentamente.

Quindi tira fuori la lingua e lecca la testa prima di metterla in bocca.

Lui geme mentre lei inizia a succhiargli il cazzo duro.

Muovendolo dentro e fuori dalla bocca sempre più velocemente.

Poi ritorna lentamente a un ritmo basso e fa roteare la lingua intorno alla testa mentre la accarezza con la mano.

Lui geme mentre la sua mano accarezza la punta rosa del suo cazzo.

Poi gli lecca le palle fino alla punta del cazzo.

Lo toglie dalla bocca e si alza per baciarlo appassionatamente mentre gli toglie la maglietta.

Lui la avvolge tra le sue braccia calde, avvicinandola a sé, sentendo il suo seno premuto contro il suo petto.

Mentre si baciano, le sue mani corrono lungo il suo corpo, sentendo la sua pelle morbida sotto la punta delle dita.

Le sue mani si muovono sul suo culo e lo stringe forte.

La solleva per il sedere avvolgendole le gambe attorno alla vita e si avvia verso il letto.

La fa sdraiare delicatamente e si mette sopra di lei.

La bacia profondamente scendendo fino al collo e al petto.

Le lecca lentamente il seno destro avvicinandosi al capezzolo ormai eretto.

Si mette il capezzolo in bocca e lo succhia, mordendolo delicatamente.

Passando all'altro seno, si abbassa e inizia a strofinarle il clitoride, facendole aumentare il respiro e iniziare a gemere leggermente.

Si strofina più velocemente mentre le bacia lo stomaco concentrandosi sull'ombelico.

Si sente bagnata e il suo respiro accelera.

Bacia il suo grazioso monticello e poi sostituisce le dita con la lingua.

Succhia e morde delicatamente il suo clitoride.

Questo la manda su un'ondata di piacere, gemendo.

Poi inserisce un dito che scorre oltre le labbra gonfie della sua figa e in quel punto segreto e scivoloso.

Lui fa scivolare il dito dentro e fuori lentamente e poi ne inserisce rapidamente un altro mentre lei geme.

Lui continua a concentrarsi nel succhiarle il clitoride mentre le sue dita colpiscono preziosamente quel posto speciale dentro di lei che sa la fa assolutamente impazzire.

Geme forte e avverte una sensazione di formicolio dalla gamba destra verso l'alto, attorno al corpo e verso la gamba sinistra.

"Oh tesoro!" geme: "È così bello!"

Glenn sa che se continua così, lei andrà sicuramente oltre il limite, quindi rallenta e la bacia di nuovo per divorarle la bocca.

Condividono un bacio appassionato.

Le loro lingue danzano insieme.

Togliendo le dita dalla sua figa ormai bagnata, comincia a massaggiarle il seno destro.

I suoi gemiti soffocati dai baci.

Il bacio si interrompe e lei gli sussurra all'orecchio:

"Ho bisogno di te dentro di me, tesoro."

La menzione del suo cazzo duro che scivola nella figa bagnata della sua amante lo fa grugnire di lussuria e si muove sopra di lei.

Allargandole le gambe con i fianchi, si posiziona per penetrarla.

Giocando, inserisce solo la testa e poi la ritira lentamente.

"Per favore, dammi tutto." Lei lo supplica, ma lui prevale e tiene il passo del gioco, inserendo solo la punta e ritirandola quando lei inizia a gemere.

Alla fine, ad un punto inaspettato, spinge fino in fondo il suo membro duro per farla urlare.

Comincia a spingersi dentro e fuori da lei lentamente con colpi lunghi e duri.

Comincia ad accarezzarle più forte e più velocemente, tirandole il culo per una penetrazione più profonda.

"Oh Dio, ti senti così bene dentro di me. Ti amo così tanto quando mi scopi la figa."

A questo punto ringhia e si ritira all'improvviso.

Le fa cenno di girarsi e lei lo fa velocemente con un sussulto di eccitazione.

Sa che penetrarla da dietro è una delle sue posizioni preferite e anche lui adora darglielo in quel modo.

Lui inserisce il suo cazzo dentro di lei e inizia a spingerlo forte e veloce.

Lei geme forte, dicendogli più forte.

Adora scopare la sua adorabile moglie, quindi inizia a fare il duro con lei.

Il suo corpo e le sue palle schiaffeggiano il suo culo ormai rosso.

Lei inizia a respingere le sue spinte, facendo sì che il suo cazzo entri ancora più in profondità.

Entrambi gemono di piacere.

"Oh, sto per venire, tesoro. Sei pronta per la mia sborra?"

"Oh sì, tesoro, sto per venire anch'io."

Ancora qualche carezza e Susan urla di piacere e il suo corpo inizia a tremare mentre l'orgasmo la travolge.

Glenn sente le pareti della sua figa iniziare a mungere il suo cazzo e non ce la fa più.

Ringhiando il suo nome, lui spara il suo sperma caldo in profondità nella sua figa cremosa e bagnata.

Susan, esausta per l'esplosione, si appoggia sui gomiti mentre sente che lui le spara dentro qualche altro spruzzo di sperma.

Soddisfatto, e cercando di non caderle addosso, si allontana lentamente dalla sua figa e l'afferra per la vita, trascinandola con sé sul letto.

Si guardano negli occhi, entrambi offuscati dai potenti orgasmi che avevano appena attraversato i loro corpi pochi secondi prima .

Una soddisfazione di conoscenza reciproca aleggia nella stanza mentre i due si addormentano l'uno nelle braccia dell'altro.

INSODDISFATTA

59

È una bella mattinata.

Devo andare al lavoro, ma non ho voglia di alzarmi.

Sdraiato qui, penso di amarti.

Vedo i tuoi occhi che mi guardano, che mi sorridono.

Sento già il calore accumularsi nel mio inguine.

Faccio scorrere delicatamente la mano sul mio seno come se i tuoi occhi lo seguissero.

I miei capezzoli rispondono immediatamente, indurendosi.

Sollevo il seno per succhiare delicatamente un capezzolo in bocca.

Sento le tue labbra chiudersi attorno all'altro capezzolo e un gemito profondo sfugge dalle mie labbra.

Sento il succo mentre comincia a scivolare giù dall'interno della mia figa.

Muovo le mani attorno allo stomaco e poi giù verso l'addome, immaginando le tue mani che mi toccano.

Faccio scorrere lentamente il dito medio nell'umidità e nel calore.

Stringo il dito come se il tuo cazzo fosse sepolto nel profondo di me.

Facendo scorrere il dito dentro e fuori, i miei fianchi iniziano a muoversi con un movimento circolare.

Sento il mio dito desiderare di più della sensazione che si sta creando.

Il palmo della mia mano ha raccolto il succo che ora esce dalla mia figa.

Lecco il dolce sapore del mio palmo e faccio scivolare il mio lungo dito in bocca immaginando che sia il tuo delizioso cazzo.

Circondo lentamente la punta del mio dito con la lingua come se fosse la punta del tuo cazzo.

Muovo la lingua lungo il dito, facendolo roteare per catturare ogni pezzettino di succo.

Chiudo forte le labbra attorno alla base del dito, faccio scorrere la bocca fino alla punta e inizio a lavorare la lingua attorno alla parte superiore del dito.

Cosa immagini che il tuo cazzo sia sepolto nella mia bocca?

Guardo la mia testa muoversi su e giù, succhiandoti profondamente nella mia gola mentre i muscoli della bocca lavorano.

Ti sto succhiando il cazzo e puoi sentire la mia lingua e la mia bocca che ti succhiano proprio come mi sento come se tu mi avessi succhiato i capezzoli.

La mia lingua si muove ovunque , le mie labbra bagnate si muovono costantemente con il bisogno di succhiarti più forte, più velocemente e più in profondità.

Sono molto emozionato all'idea di sentirti sepolto in me.

Prendo il dito e lo infilo di nuovo nella figa, assicurandomi che sia bagnato.

Tiro fuori il dito, lo strofino su tutta la fessura e lo immergo di nuovo per più umidità.

Questa volta mi strofino anche il mio stretto buco posteriore.

Faccio scorrere lentamente un dito all'interno e l'orgasmo è immediato.

Mi piacerebbe che tu mi scopassi con le tue dita e il tuo cazzo allo stesso tempo.

Adoro l'idea di essere riempito da te.

Rotolo sulla pancia e inizio a lavorare il clitoride con entrambe le mani.

Avvicinando le mani allo stomaco, premendo con fermezza sul mio dolce monticello.

Mi scopo con le mani finché non sento iniziare quella sensazione.

La sensazione inizia nel profondo e mi fa stringere mentre vado a venire di nuovo.

Muovo i fianchi più velocemente, i miei piedi si accartocciano con il bisogno di esplodere dentro mentre mi scopo con le dita.

Un gemito lungo, profondo e gutturale mi scappa mentre raggiungo l'orgasmo ed esplodo.

Esausto, mi sdraio sulla schiena, penso a quello che ho appena vissuto e mi ritrovo di nuovo eccitato.

Continuo a chiedermi "cos'è questo incantesimo che hai su di me"?

Nessun uomo mi ha eccitato tanto quanto te.

Ti vedo nella mia mente, l'uomo amorevole e sexy che sei.

Posso sentire le tue labbra morbide e dolci sulle mie.

Il modo in cui la tua lingua setosa delinea le mie labbra e il morbido morso dei tuoi denti.

Il modo in cui la tua lingua scivola in profondità nella mia bocca e sente quanto sono affamato di te.

Il modo in cui la tua lingua circonda la mia e il dolce scambio della tua saliva si mescola alla mia.

Posso sentire la tua bocca calda mentre si muove verso il mio orecchio e il calore della punta della tua lingua mentre si muove all'interno.

Il dolce sussurro del mio nome porta un flusso di sperma direttamente nella mia dolce figa e la tua bocca si sposta sui miei capezzoli duri ed eretti.

Lentamente, la tua lingua circonda il mio capezzolo sinistro e soffi così dolcemente.

Chiudi la bocca sulla mia durezza reattiva e io gemo.

La mia mano destra inizia a scivolare sui capezzoli e sollevo il seno sinistro verso la bocca per succhiare delicatamente il capezzolo, imitando come sarebbe la tua bocca.

Lentamente, le mie dita scivolano sulle costole verso l'addome e le dita lunghe e sottili della mia mano raggiungono il mio dolce clitoride.

Le punte sfiorano delicatamente il pulsante e il mio dito medio scivola all'interno fino alla prima nocca per sentire l'umidità che si è accumulata lì.

Faccio scorrere il dito in profondità per rilasciare il tuo sperma e raccogliere il succo del miele nel palmo della mano.

Lecco il succo dal palmo della mano, assaporando il gusto e l'odore del sesso.

Faccio scivolare il dito medio in bocca, fino alla prima nocca, immaginando che sia la testa del tuo cazzo.

Lentamente, la mia lingua gira su se stessa, assaggiando di nuovo il succo e so che è la tua sperma quella che sto assaggiando sulla mia lingua.

La mia bocca calda e bagnata scivola sul mio dito, come se fosse il tuo membro caldo e gonfio.

La mia bocca si chiude completamente e scivola fino alla punta mentre la mia bocca stretta succhia proprio la punta immaginaria del tuo cazzo setoso.

Mentre accelero il ritmo mentre inculo il mio dito in bocca, riesco quasi a sentire la tensione nelle tue palle mentre lo sperma inizia a salire.

A questo pensiero sento l'umidità scivolare via dalla mia figa e so che devo scoparmi.

Rotolo velocemente sulla pancia, le mie mani raggiungono la mia figa.

Li premo forte contro il mio monticello, i polpastrelli delle dita trovano il mio clitoride.

I miei fianchi iniziano a ruotare lentamente, in tondo e in tondo mentre i muscoli dei piedi e delle gambe iniziano a tendersi e le mie dita lavorano sulla mia dolce figa.

Ti guardo entrare da dietro e immagino il tuo cazzo, inzuppato dei miei succhi e luccicante nell'umidità mentre scivola dentro e fuori dalla mia figa.

Oh, cazzo, sono così fottutamente eccitato mentre le mie dita e i miei palmi premono forte... più forte che possono mentre raggiungo l'orgasmo.

I miei piedi e le mie gambe sono serrati, il mio corpo trema per l'intensità.

Mi giro sulla schiena immaginando il tuo dolce cazzo palpitante dentro la mia figa assetata di sperma.

I muscoli della mia figa continuano a contrarsi come se stessero succhiando via lo sperma dal tuo cazzo.

E poi sì, riesco quasi a sentire quella tua lingua calda mentre scivola su e giù per la mia fessura.

La tua bocca si chiude sulle labbra della mia figa e il movimento rapido della tua lingua mi fa venire nella tua bocca.

E tu ti alzi, ti metti a cavalcioni del mio corpo e fai scivolare il tuo cazzo inzuppato di sperma nella mia bocca.

Assaporo il gusto dei nostri succhi misti mentre succhio e lecco in modo pulito.

Crollo sul letto, il mio corpo continua a tremare e formicolare.

Che sensazione meravigliosa mi fai provare insieme a te.

FINE

65

Don't miss out!

Visit the website below and you can sign up to receive emails whenever Erika Sanders publishes a new book. There's no charge and no obligation.

https://books2read.com/r/B-A-IGGS-IXQOC

BOOKS 2 READ

Connecting independent readers to independent writers.

www.ingramcontent.com/pod-product-compliance
Lightning Source LLC
Chambersburg PA
CBHW021759150726
47989CB00004B/1727